句集

箱火鉢

原田達夫

ウエップ

句集　箱火鉢／目次

装幀・近野裕一

句集　箱火鉢

はこひばち

〔収録句数＝三百四十八句〕

第Ⅰ章

平成十七年・十八年・十九年

〔四十六句〕

真つ当の動悸たしかむ初明り

目交ぜして軽々かぶる獅子頭

百の灯の暮らしありけり寒の川

冬の雲国引きのごと曳かれをり

会津・柳津　四句

角巻の人と二駅隣り合ふ

雪原を大きく分かち川二本

雪下ろし街道に音落ちてきし

衾雪軒低くして人住まふ

椿落つ音なき音を見てをりぬ

突つつけば百の目睨む蝌蚪の紐

唐招提寺展　二句

鑑真のまぶた明るき遅春かな

金堂解体隅鬼《すみおに》に春まぶしかろ

（金堂の軒下四隅で隅木を支える鬼形像。邪鬼とも）

白川郷

合掌の屋根に千もの春氷柱

地下鉄の風にあらがふ春ショール

瞬けば人かげろふになりにけり
かぎろひの電車でこぼこでこぼこと

鯉を呼ぶ音に歪めり春の色

花を見てゐることは生きてゐること

さざなみに万の花片預けたり
雨あひの花の雫にぬれてゆく

千鳥ケ淵戦没者墓苑

火の色の陶棺置かる花馬酔木

春宵の星は魁夷の青の中

てんでんに蝲蛄捕りの一家かな

桐咲けば遠嶺の色の深みゆく

これがじやがいもの花かと母のいふ

神輿昇く男らはみな半眼に

豆腐屋に脱ぎ捨てられし祭足袋

不揃ひの音たててゐる若葉雨

退院に跨ぐ毛虫の生き生きと

裸電球ほほづき市の通り雨

日高

馬臭き漢らと食ぶ海霧の中

くちぼその死は睡蓮の葉の上に

蛍火をほたる火高く追ひゆけり

夕闇をしばし留めむ水を打つ

常滑

炎昼や轆轤の上のぼろタオル

月囓ることもありなむ夜盗虫

紙切りの月見団子は五段積み

刈田跡日向の匂ひしてをりぬ

秋暁の海へサーファーづかづかと

銀漢の傾ぎてこぼれ貝の殻

太刀魚をひかり引き抜くやうにかな

秋黴雨指の先まで投函す

間引菜の束ねるほどはなかりけり

とにかくにコスモス括る一大事

皀莢は老いの頑固さぶらさぐる
天高く大きな顔のモデルかな

第Ⅱ章

平成二十年

〔五十句〕

輪飾りの藁のにほひのしるきかな

初雪や切餅ならぶ駐車場

鷹一過して一点のわれの老い

料峭やエアータオルの甲の皺

潮騒を真っ向に受く涅槃仏

千万の兎奔れる春怒濤

どの顔にもさくらの火照りありにけり

しやぼん玉歪んだ顔のまま放つ

藤波のわれも一魚となつてをり

わが視線そらさずにゐる孕鹿

山古志・闘牛　三句

昂ぶりて牛咆吼す若葉雨

猛りすぎれば闘牛の鼻に指

牛角力ほいさほいさと勢子囃す

出雲崎　二句

ほととぎす佐渡まで海の真つ平

燕の子女将に留守居頼まれて

師白潮句碑

「来歴の句碑」来歴の梅雨の川

ルオー展

夏痩せやざらつく肌のイエスの絵

土用波沖に寝釈迦のやうな島

青蛙おのれを消してゐるつもり

相馬野馬追　二句

野馬追の武者連なりて農夫貌

驟雨来る神旗奪取の直中に

正坐してこくり八月十五日

ぎくぎくと危険察知のやんまの眼

己が目のまづ映るなり箱眼鏡

法華経寺・薪能　二句

太郎冠者のこゑも金色小望月

月光を欠片となせる鼓かな

風紋の足裏に湿り秋の海

まみむめも女菊師の指使ひ

破蓮の向かうは人の住むところ

沼小春あぶく吐き出す奴がゐる

立冬や一線引けぬ海と空

こけし談義や土産物屋の箱火鉢

西域　十八句

西門の先は西域石榴売り

陽関に立つ茫々とただ炎気

白日傘羊の群の渡るまで
逃水の行方さへぎる流砂かな

炎昼や砂漠になびく墓の旗

遺跡へとハンカチ頸に驢馬の上

風死して土塊となる故城跡

夏没日塔克拉瑪干《タクラマカン》は碧く透く

砂棗噛めば旱のにほひかな

綿摘みの赤い帽子に加はらむ

瑠璃蜥蜴刃物の街でナイフ買ふ

絣織る少女の髪の秋桜

片かげり外にミシンの洋服屋

日盛りや鍋に羊の頭煮る

怯ゆる目満つ炎天の家畜市

羽抜鶏行方知れずになる迷路

西域を去る回鶻《ウイグル》の夏帽子

秋冷に靴脱げば胡砂零れけり

第Ⅲ章

平成二十一年・二十二年

〔四十六句〕

力もて川は流るる去年今年

強かに正月の爪引き摺らる

冬の雲置かれしままにありにけり

こぼれてはふくら雀となりにけり

梅大樹白き視界にただ一樹

白鳥の馴れなれしさに惑ひけり

山裾にゆきわたりたる梅の花
さ枝まで綾なすごとし春の雪

薄氷の真中ゆくなり嘴の列

春の日の老人と鯉知己なりし

韓国　四句

牡丹雪新羅の寺の白き釈迦

梵鐘を低きに吊れり雑木の芽

水原華城《スオンファソン》の郭は華奢なり霾ぐもり

青磁売るをんなの弁や春浅し

たまゆらの波光か銀のてふてふか

ルアー釣り春の虚空を裂きながら

花に飽きまた花に寄る一日かな

何を言うても笑む母の花の昼

シュプレヒコールなきメーデーに集ひをり

虚子庵のガラス戸越しのゆがむ夏

あめんばう影を持たずに奔るなり
手詰まりやペンペン草は花盛り

鎌倉は本降りとなる余花残花

眠られぬ闇さりさりと黴の殖ゆ

滝へ滝へと笹舟の速きかな

用水は大利根の水裸の子

興福寺阿修羅展

蠅虎捉ふる阿修羅六つの目

踊下駄の爪立てる音甲高し

踊子の手甲の指の自在なる

豊年を呑み込んでゆくコンバイン

越後長岡・攝田屋　二句

醤油屋は醤油色なり草の絮

葛の花会津の人と話しけり

惚けても惚けても母かりんの実
颱風の去りゆく音を聞きのがす

万治の石仏

こぼれ萩図体にのる石の首

妙義嶺と並びてをりぬ藁ぼつち

勝鬨橋がつがつと揺れ冬に入る

角館

釘音の跳ねてをりけり冬構

宮古・田老港　四句

大北風や吃水深く漁船着く

白息にまみれトロ箱下ろす漁夫

トロ箱に鱈長々とありにけり

漁り火の数ふるほどや枯峠

蔵王　三句

枯れの中百尋の滝直立す

耳聡くして日替りの落葉踏む

山毛欅枯れて濃きむらさきに暮るる尾根

焼諸を闇取引のやうに買ふ

第Ⅳ章

平成二十三年

〔三十四句〕

粥柱口まではこぶ母白寿

梟や余韻のやうな不整脈

プラタナス並木に冬の残りをり

結願の補陀落山の野梅かな

馬跳びのうまよろけをり春の土

菜の花の奥の菜の花空にあり

春の地震「叫び」のごとき人の顔

花は葉にレンブラントの銅版画

雲うつす水凹まして蘆の角

えごの花地味を着こなす人と会ふ

田の桝に水がうがうと夏つばめ

なに思ふ手指動かす母薄暑

能登　四句

夏の鳶礁ひろごる日本海

えへらえへら赤鱏泳ぐ早さかな

さみだるる家持の海暮れにけり

御陣乗太鼓短夜の夜叉狂ふ

汗かいて対す写楽の眇かな

手の指に昭和つまめり蚊遣香

蘭鑄の顔のつくづく知足たり

おはぐろの紛れてゆけり船溜り

かまつかや母の目の色ふともどる

こんなにもしづかにつるむ揚羽蝶

補聴器の土砂降りとなる秋の蟬

母逝く　四句

凜として母新月に旅立ちぬ

白芙蓉ふくみ綿せし母のかほ
螻蛄鳴いて小さき母を納棺す

ひぐらしやほてり嵩ある母の骨

夕月の大大と色なかりけり

括られしまま枯菊の朱は残り

干柿の狭間に傾ぐ裏筑波

雪の朝檜葉の香りの湯の溢れ

大間崎　三句

襟巻を顔に巻き付け大間崎

海峡の暗きに冬の日矢の立つ

日矢太し黒白《こくびやく》替はる冬鷗

第V章

平成二十四年

〔四十六句〕

放射能測る主婦ゐる四日かな

降り止みて檜皮屋に春兆したり

春泥にまだ堅き底ありにけり

水草生ふ歪む日のかげ水の影

春寒し白き木肌のプラタナス

陽炎や田中の径の魔法瓶

谷地の春水賑はしくなりにけり

蛇穴を出づまづまづまづ存す日本国

人気なきテーラー春の生地見本

猪柵の中の千本桜かな

青むものあをむ八十八夜かな

増上寺・八百年御忌　二句

木遣り唄花の中ゆく僧の列

堂膨る御忌の読経の僧二百

嵌め絵のやう空埋めゆく欅の芽

木洩日や虻に縄張あるらしき
久々の風に風鈴慣れて来し

下総の山並みやさし桐の花

坑道を出て万緑に浸りけり

当麻寺　二句

双塔は山のふところ青時雨

畦道を辿り尼寺ひめぢよをん

じんわりと花鰹反る冷奴

軽自動車は棺のかたち秋はじめ

向日葵の開けつぴろげの日の匂ひ

草津 七句

湯けむりの渦巻き湯滝見えぬなり

湯の花の匂ひただよふ駅暑し

話し込む女将と二人冷し酒

日盛りの毒気噴く谷越しゆけり

結界の沼覆ふなり夏の霧

夏果てて湯釜しづかに濁りをり

栂林夏うぐひすの声とほる

水門を上まで開けて秋近し

目ばかりの少年のかほ終戦日

見覚えの癖字の残暑見舞かな

青森・深浦　五句

朝霧や熊の爪痕あらたなる

山毛欅林閑かに木の実落とすなり

ごつとんごつとん曼珠沙華曼珠沙華

落日に燃えてゐるなり稲穂波

銀漢に列なる漁りありにけり

しんがりはいつもしんがり稲雀

萍紅葉魚の背びれに波立てり

蟷螂の枯れのおよばぬ楕円の眼

一茶の忌ひつつき虫を脱いでとる

新東京駅

縦の世の新駅よこへ延びて冬

無蓋バス冬の薄日を乗せて行く

またたく間横一線となる落葉

オカリナの冴えて女の頸長し

第Ⅵ章

平成二十五年

〔四十六句〕

大寒の塊となるピアノかな

めつたやたらの鬼は外福は内

谷地の水斜めに流れ芹育つ
山茱萸の雫は雨の色のまま

麦の芽の畝つづくなり裏筑波

宮古島　五句

碧瑠璃の海にしつかと春の島

みんなみの蝶みんなみの色遣ひ

風光る珊瑚礁てふ泡立て器

啓蟄や甘蔗畑の葉擦れ音

蛇穴を出づ国境の海昏し

朧夜のマヌカン首をなくしけり

天を編む欅の枝の芽立ちかな

抱っこ紐に子と春を入れ急ぎ足

疎開児も浮浪児も老ゆ花の下

地蔵の斑花色となる桜どき
しだれ桜の帷に知らぬ人とをり

頬杖のはづれてゴリラ春深し

蛍烏賊嚙み甲斐のある目玉かな

斑猫も砂の女ももうゐない
土色の春の太陽沈むなり

けふよりは確と影あり植田苗

夏めくや貨車は昭和の音立てて

源氏絵を走り抜けたり羽抜鶏

北海道・白老ほか　四句

蝦夷梅雨やムックリの音籠もりをり

屯田の村一斉に青田波

夏霧や馬車の音する駅逓所

暑い暑いと口遊むをところあり

狼の昼寝いういう六尺寝

吾が躰吊すもならず夏の風邪

犬の子の甘嚙み痛し遠花火

無花果の押されてつきし指の痕

月光の一葉一葉に及びけり

稲刈られ日の色淡くなりにけり

街灯のすぐ先にある望の月

逃水に似し秋雲のかげを追ふ
朝露に深く溺れて蝶のあり

土門拳の浮浪児写真長き夜

秋しぐれ尾崎一雄の靴と下駄

小六月口上ながき猿回し

秋の雲寝ころぶ堅さありさうな

括られて括られなくて菊日和

蒲叢のあはひにありぬ鴨溜り

水涸れてなほ滝つ瀬の音高し
群れて飛び厭きてはふくら雀かな

十六分音符跳ねてゐてクリスマス

冬落暉島燃え尽きてしまひけり

第Ⅶ章

平成二十六年

〔四十六句〕

摘んで来し草の色々七日粥

沼凍る息することも憚れり

荒れし田の土塊うざうざ凍つるなり

悪尉になるやもしれず八十の春

見上ぐれば翳の色なる春の雪

狛犬の碧き眼猛しはだれ雪

棟上げの御饌の台にも春の雪

バーナーを手にうろうろと野焼かな

夕空のひかりを奪ふ代田かな

若さとは胸圧迫し蝶殺す

柿若葉吹かれ眩しさ撒き散らす

春落葉風を奔らすほどにかな

風に遊ばれ新緑の色無尽
翡翠の色ひとすぢに飛びゆけり

ががんぼの愚直に畳む屍かな

岳母逝く金剛山に夏の雲

表具師の曾孫《ひこ》も表具師藺座布団

捕虫網振るに久しき腕ぢから

あぢさゐを行きて一気に山界へ

大き虹の底にぽつんと筑波山

あめんぼの狩一瞬の水輪かな

噴水の水余らずに落ちてをり

写る目に蘭鋳ぐらりぐらりと来

鳴け蟬よ汝が先祖らは戦知る

田圃道盆供の匂ひして来たり
ブリキ缶の雑な鳴子を引いてみる

葦刈女艫に小さくをりにけり

落蟬の転がつてゐるなんでも屋

子の辞書を無断でつかふ雨月かな

さざなみを濡らしてゆけり秋の雨

へこへこと動く蝗の袋かな

猫の目の車つぎつぎ秋暑し

蜻蛉釣とんぼうを呼ぶ風の中

なにげなく揺れ藤の実のさりげなし

夕まぐれ稲架は暗きに沈みをり
山車廻す秋の日まはす轍跡

ビルを染めビルに呑まるる秋落暉

秋の海まなこ平たくして眺む

騙し絵展出づれば釣瓶落しかな

赤のままわらんべ顔の仁王像

風騒ぐけふは空つぽ鴨溜り

重ね着やひつつき虫に好かれをる

十二月どぶから湯気が立つてゐる

突堤の先まで見えず冬鷗

会津・柳津　二句

地吹雪やただあるものは風の柵

雪女郎いくたりもゐて野風呂かな

第Ⅷ章

平成二十七年

〔三十四句〕

輪飾や厨と厠あらたまる

去年今年犬の睫の伸びるさま

われ初詣妻福袋そんなもの
気にもせず仮歯で年を越しにけり

嘴の痕残る金柑春近し

如月の松雄渾の墨書たり

そこいらは空の飛び地か犬ふぐり

五島列島　八句

神生みし島のどかなり鳥交る

殉教の島をおほへり藪椿
霾や沖に倭寇の舟寄り来

春濤の洗ふ洞窟マリア像

春寒し聖書置かるる信徒席

春日差届かぬ先の懺悔室
幾人の蹠をのせし踏絵かな

固まりて切支丹墓つくしんぼ

退屈な蛤ひゆうと水飛ばす

禿頭のマヌカン春を着こなせり

脚注は神の名ばかり亀鳴けり

いつの間に蓬摘む人遠ざかる
榛芽吹き日の溢れゐる流れかな

引き算に尻取りに飽きのどかなり

揚雲雀降り来るときも囀れり

耕にひさびさ黒き土を嗅ぐ

花の中ゆく冥界に入るもよし

手に余すほどの大きな葱坊主

ぼうたんや九八屋といふ酒席亭

小石川後楽園

若葦の果て大利根の分流す

ジムの湯に菖蒲二束青青し

みんなみにみな尻向けて草むしり

結葉のフィトンチッドに咽せてをり

高野山開創千二百年　四句

風薫る学文路《かむろ》九度山高野下

高野みち杉の落葉を踏みながら

初夏や僧侶行きかふ高野山

木の晩《このくれ》や看経漏れ来奥の院

あとがき

俳句を始めて二十年、第一句集『虫合せ』を上梓してから十年が経過した。今回の句集を編むにあたって、平成十七年以降の作品を見直してみた。作る技術は多少上達したろうが、自分の俳句が進歩したとはとても思えない。

脳学者の茂木健一郎は『脳と仮想』（新潮文庫　平成十九年）という著書で、現実に今見ているものはすべて「仮想」なのだと言う。

たしかに私たちは現在に生きている。過去に経験した膨大な知識、経験、感覚、更に記憶にない事柄を背負い、現実の世界と接している。

あるモノを私が見たとしよう。他の人が同じモノを見たとしよう。そのモノはテーブルの上に置かれたコップでもいい。そこにあるコップを同じコップとして実感出来るだろうか。二人は同じコップを見ているが、それぞれ異なる仮想のコップを見ていることになる。

またモノを見て，また感じて言葉に置き換えようとするが、言葉には辞書で規定出来ない、それぞれ個人の背負う意味合いが多く含まれている。

そのうえ、俳句はたった十七音で表現する詩である。それゆえに感懐を込めた作者の思いが、読者の心にそのまま伝わることはほとんどあり得ない。しかし何故か、心に伝わることがある。それが醍醐味と言えよう。これからもその醍醐味を楽しみにして、自分の俳句を続けていくことになるだろう。

書名とした「箱火鉢」は、平成二十年に九十六歳の母と連れ立って、二人だけの初めての旅をした。その時の福島・土湯温泉での作、〈こけし談義や土産物屋の箱火鉢〉からとった。

本句集の刊行には、「鴫」代表井上信子氏のお励ましと、句友の赤塚一犀氏に一方ならぬ世話をおかけいたしました。また、「鴫」の先輩や連衆の方々の日頃のご協力により上梓出来ました。出版に際してはウエップ編集室の大崎紀夫氏にもお力添えをいただきました。

皆様に心より御礼申し上げます。

平成二十七年七月

原田達夫

著者略歴

原田達夫（はらだ・たつお）

1934年（昭和９年）東京日本橋に生まれる
1995年（平成７年）ＮＨＫ文化センター柏教室で俳句を学ぶ
1996年（平成８年）「鴫」入会
1999年（平成11年）「鴫」同人

俳人協会会員
松戸市俳句連盟幹事

句集に『虫合せ』（平成17年）

現住所＝〒270-0034　松戸市新松戸7-173
サンライトパストラル五番街Ａ-608
メールアドレス＝harada@kashi.email.ne.jp

句集　箱火鉢
2015年8月20日　第1刷発行
著　者　原田達夫
発行者　池田友之
発行所　株式会社　ウエップ
〒160-0022　東京都新宿区新宿1-24-1-909
電話　03-5368-1870　郵便振替　00140-7-544128
印　刷　モリモト印刷株式会社

※定価はカバーに表示してあります　ISBN978-4-904800-32-4